El Acecho

El Acecho

Walter Pedreyra

EL ACECHO. WALTER PEDREYRA.
Esmeralda Publishing LLC.

Este título fue publicado originalmente por la Editorial Alfa en 1971.

©2023, Esmeralda Publishing LLC.

Para más información, visite nuestro sitio web:
www.esmeraldapublishing.com
Esmeralda Publishing y su logo son marcas registradas de Esmeralda Publishing LLC.

ISBN: 978-1-64800-048-5

Información de portada:

Diseño de Ariel Wajnerman

PRÓLOGO

Hasta el lector más desprevenido advertirá la cuota de contenido documental y rica resonancia anecdótica de este libro. Pero el parecido con el mundo inmediato termina allí. El resto es el talento del autor capaz de ordenar esa densa materia que a veces es titular en la prensa o voz que se corre entre la gente, y convertirla en esa serie de cuentos y viñetas que son EL ACECHO.

La unidad que suelda esos eslabones narrativos es el mecanismo de un lenguaje incisivo pero no duro, poético sin debilidades líricas, creativamente dispuesto a expresar de manera inédita hasta la noticia de dominio público.

La dosis de invención que la literatura supone es, en este libro sorprendentemente maduro, un componente oculto que juega, desde algún lugar, un papel mágico, transformador, renovando la manera de ver lo que pasa desde el ángulo estrictamente literario.

Hugo García Robles
1971

se escuchó en un informativo que ambos partidos tradicionales
sostienen la vigencia del orden constitucional depositando su fe
en las garantías del sistema democrático-republicano de gobierno
sustentadas por el libre juego de las facciones políticas y el sufragio
de las mayorías como expresión de la voluntad soberana de los
pueblos en la elección de su propio destino, y que recientemente
cincuenta ancianos murieron de hambre en la colonia etchepare si
bien algunas fuentes sitúan su número real en ciento veinte en los
últimos cuatro meses cosa que ha provocado una enérgica reacción
en círculos parlamentarios motivando la designación de una comi-
sión de estudio a la que se otorgaron amplios poderes y ocho meses
de plazo para rendir su informe preliminar, y cercano el mediodía de
hoy un hombre clave del gobierno declaró para cronistas de nuestra
emisora que "mis ideas son muy claras y ni con estos ni con otros
métodos me las van a cambiar", y esta tarde el rector aconsejó a los
estudiantes meditar que de persistir el clima de violencia creado
mayores serán sus pérdidas, y finalmente el cuadro sinóptico anun-
cia una línea de inestabilidad situada sobre el río de la plata y justo
entonces vos te paras y salís, vos igual vos vas, querés, podés, sentís
que tenés algo que agregar, tendrías un papel una historia y cruzás
la misma esquina tristan narvaja donde ayer casi te ensarta la granada, filo de hormigón rugoso que tajeó los aires de tu disparada
raspándote contra las paredes, eje paralelo del agazaparse, ápice del
tomando puntería en medio de la corrida después que gritaron se

viene la milicada y los que no habían largado las piedras aguantaron a pie firme sin advertir la maniobra envolvente a retaguardia, la que los bloqueó cuando estarían a media cuadra de la salida y entraste a darle a las piernas sin tiempo para detenerte a husmear el aliento del lanzagranadas que empezó a levantarse buscando el blanco de tu espalda, ni siquiera un instante para fijar la cara del compañero corriendo adelante, el del paso de balet forzando la ansiada tregua de colonia, la ganada con elástico volcarse atrás en la carrera y plena curva, perfilado arquearse del brazo, refinada economía del segundo gemelo al del fusil en alto e índice al gatillo, ángulo impecable de los dedos abiertos vacíos liberando las alas blancas de la pedrada, arco tenso del cascotazo y el plof del hígado del milico doblándose cada vez más chiquito más lejos más cerca del suelo y estar a salvo

EL ÁLBUM DE CARICATURAS

Y para completarla vos Juan Andrés, la decepción que me faltaba, después de este suceso horrible tener que soportar que te me derrumbés así, sin atinar más que a taparte la cara con las manos y capaz que hasta ponerte a llorar. No seas marica, si vieras lo poco que te favorece la pose. Te estoy sintiendo lástima, que es lo más lamentable que pueda inspirarme un hombre. Lástima y rabia por vos, desde que yo, no obstante ser mujer me aguanto firme con el álbum de caricaturas frente a los ojos y abierto en la primera página.

Pero vos no lográs darte cuenta y es seguro que experimentamos sensaciones distintas: a mí, más que el propio hecho me horroriza la forma en que vino a acaecer. De haber sido cuando la muerte o en el entierro, vaya y pase; pero no, eran precisos muchos meses, llegar a la misma instancia de la apertura del testamento para que se desencadenara. ¿Ves? Allí está lo insoportable. No en el suceso en sí, sino en la forma de echarse a andar la maquinaria, esa sordidez que delata la inconfundible mano del viejo orquestando desde el más allá.

La vez anterior las cosas fueron diferentes, con la muerte del ingeniero Hermildo —mi primer marido— creí llegado un momento muy especial de mi vida, el de una pacificación interior que me resignó a sofrenar mis pasiones de tal modo que, perfectamente entrenada en materia de lo que conviene a gente de nuestra condición en casos semejantes, encaré la viudez naturalmente descubriendo con alivio que las circunstancias se avienen automáticamente en esferas dotadas de límites precisos. Planifiqué con serenidad el futuro de Martita enviándola como interna al Sacre Cœur de Buenos Aires, me desligué de lo más superfluo y ostentoso de la vida social, procuré el acercamiento a Dios sintiendo mi vocación acrecentada al extremo de enrolarme a las Hermanas Terciarias, con lo que ello deparó de añadidura: elección de confesor personal —prestigioso y probo— diaria comunión y obra social.

Fueron pasando los meses, cedió la apariencia social del luto y con una figura adelgazada y sobriamente vestida recomencé a frecuentar tés, sesiones de bridge y canastas benéficas. ¿Qué iba a hacer? ¿Enterrarme en vida junto al recuerdo de Hermildo? Porque en mi interior, creeme, la brecha crecía al compás del ensancharse de las paredes del apartamento cada día más solo y vacío y lleno de silencio en los rincones y poblado de ecos que se me cernían al paso cual perros invisibles.

Fue en las obras parroquiales donde tu mujer y yo nos conocimos para descubrir una larga cadena de amistades comunes, reencontrarnos en reuniones, y terminar haciéndonos —ustedes y yo— amigos inseparables. Sin el apoyo que entonces me brindaron no sé qué hubiera sido de mi vida. Flora estaba sinceramente preocupada por mi situación, ¿te acordás?, se devanaba los sesos buscando la fórmula para hacerme zafar del bache. Pero vos no debiste apoyar su dictamen, como hombre maduro que sos tendrías que haber conocido de lejos la razón cabal de mis angustias y neurosis y sabés bien que esas no son cosas que se arreglen con pasatiempos de ningún tipo, ni siquiera el que el trabajo puede deparar.

De todos modos yo misma vivía en medio de una confusión inmensa, sumida en una nebulosa que no adivinaba cuándo iría a terminar. Precisamente ese embrollo estaba por llegar a su punto crítico la tarde en que recibí tu llamado. El teléfono me pescó en pleno acceso depresivo y a medio camino de una borrachera de Valium, así que en cuanto cortaste me derrumbé en el sofá procurando despabilarme con la noticia: tu padre —el viejo Piñeyro Finker— venía de concretar lo de mi empleo en la Corte. Traté de alegrarme, pero fue inútil, no se operó ningún cambio de ánimo. Hube de convencerme de que allí no radicaba el remedio.

Empero —y al margen de otras consideraciones— se imponía retribuir la atención de quien sin conocerme, tantas molestias se tomara en favor mío. De no ser tan crítica la situación actual te morirías de risa, pero lo primero que se me ocurrió fue mandarle una botella de whisky, ¿te das cuenta qué cursi? Odiaba que tu padre pudiera pensar que era una ordinaria sin imaginación. ¿Flores? Tratá de imaginarte la pose de tu viejo llorisqueando de emoción con un ramo de rosas en la mano. Después de mucho pensar se me prendió la lamparita: me fui al boliche de Ledo y al cabo de mucho revolver desenterré un finísimo grabado del siglo XVIII que le envié inmediatamente.

Se me apareció sin aviso al domingo siguiente, apenas pasado el mediodía. Ni bien la muchacha me lo anunció, a gatas si atiné a mojarme la nuca con un poco de loción antes de saltar al living y zamparme al viejo Piñeyro Finker parado a la vera del sofá y abrazado a una enorme canasta desbordada de naranjas, manzanas y duraznos maduros, pira que coronaba un ramito de jacintos cuyo perfume inundaba la habitación.

Tartamudeó que era un verdadero gusto, un placer enorme conocer a un espíritu tan refinado, recibir una atención así, fijate que sobre todo de una dama de estos tiempos en que uno se pregunta dónde han ido a parar las buenas costumbres y la educación y la gentileza, es reconfortante y qué sé yo "y esto —terminó alargándome la cesta— va en prenda de mi reconocimiento y la emoción que su estampa me produjo. Son frutas cosechadas en mi chacra del Sauce, humilde y respetuoso testimonio de admiración hacia su persona".

Cuando se detuvo la mutua avalancha de agradecimientos y frases cumplidas pasamos al tema más simple de nuestras desgracias personales, la viudez de cada cual y los hijos de cada uno. Después de consumir el segundo pocillo de café y el resto del coñac, tu padre anunció que se retiraba, no sin antes invitarme a cenar la semana entrante. "El Montevideo que fuera testigo de mis días felices junto a Hermildo no podría resignarse a verme en compañía de otro caballero" —le contesté de sopetón, como si previamente me lo hubiera preparado de memoria. Y ni hoy día alcanzo a comprender por qué lo hice, ni a explicarme mi exageración, ese tono forzado de novelón antiguo que vos sabés que no es mío. Traté de reparar la pavada —que sirvió para terminar de enchochecer al viejo poniéndole al borde de otra crisis de llanto emocionado— proponiéndole celebrar la cena en casa.

El resto lo conocés de sobra. Dos meses más tarde nos casábamos y yo me convertía en la esposa de tu padre, José Pedro Piñeyro Finker.

Convengo en que de nada vale andar revolviendo el pasado a esta altura de las circunstancias, pero acordate que a mis primeras sospechas vos me calmaste arguyendo que no era malo, sino más bien un poco retraído y muy observador. Su apacible apariencia bonachona y sensiblera, su sociabilidad exterior, aquella facilidad con que simulaba adaptarse al convencionalismo de una vida de relación intensa estaban, no obstante, en contradicción con el fondo de su carácter recio, su penetrante agudez, la agilidad mental que le permitía escrutar de una ojeada los sentimientos íntimos de quien le viniera en gana.

No preciso que me hagas ver que ya no es tiempo de advertencias, pero creeme que esa misma tarde tuve un presentimiento. Se nos había pasado la hora —eran como las ocho— y te avisé que él estaría esperándome para cenar. Vos empezaste a moverte lentamente, pensando en tu padre y como recitándome de memoria su modo de ser, que siempre tuvo sus mañas, madrugador para las comidas, aunque no lo aparentara un hombre fuertemente apegado a las rutinas, un ser tenaz y paciente, silencioso y paciente como un gato. Yo te dije que sí, y aun por el camino fui asintiendo con la cabeza y pensando que a esa altura debía estar por acabar de retocar el álbum de caricaturas. Vos, manejando con los ojos clavados en un punto más allá del parabrisas, continuabas enumerando las costumbres de tu padre; cuando escuchaste mis palabras simplemente meneaste la cabeza en un gesto indefinido, repetiste: el álbum de caricaturas, su más vieja manía, la que cultivó desde que en su juventud se le despertara la afición por estampar, al fin de cada velada, cada fiesta, cada reunión, los esbozos ridiculizados de los asistentes más notorios, de modo que el álbum ordenaba —en plan semicronológico de popularidad— una legión de generales y matronas, ministros y poetisas fracasadas, embajadores y nuevas ricas, obispos y primeras damas, ninfómanas y vividores, íntegramente dibujados a la usanza de principios de siglo: cabezas desmesuradamente grandes y cuerpos pequeñitos y detallados. Sobre un margen estampaba los nombres y apellidos del registrado, completando el cuadro un texto corto y filoso que agregaba al pie.

Tuve que tocar el timbre varias veces pues la muchacha tardó en abrir; cuando apareció estaba asustada, me contó que el viejo se había pasado la tarde encerrado en el escritorio y sin salir. Le golpeé hasta cansarme, pero nada. Aunque todavía suponía que estaría alunado por mi demora, decidí llamarte igual. Vos echaste la puerta abajo. Después el forense declaró que el infarto debió ocurrir alrededor de las cuatro, así que cuando lo encontramos hacía rato que estaba bien muerto y frío.

Para mí fue el retorno al traqueteo de la viudez, los seis meses hasta la apertura de la sucesión, espera que de ningún modo me impacientara desde que estaba lejos de suponer la sorpresa que nos guardaba.

Porque, francamente, ¿qué te hubiera importado de suceder en condiciones más íntimas? La macana consistió en que toda la parentela estuviera presente, con los ojitos saltados y los labios húmedos ante la posibilidad que pudiera depararles el misterioso testamento. Así que nomás nos alargaron el álbum hubo un general movimiento de curiosidad en el resto. En definitiva la culpa es tuya, pues jamás debiste dejar que Flora te lo arrebatara. Y aun cuando tu mujer se desmayó emitiendo un sonido de ratona parturienta, antes de correr como un idiota a socorrerla debiste haber tratado de rescatar el álbum. Un segundo después ya fue tarde, y vagaba de mano en mano provocando expresiones de asombro, gestos de asco, miradas de odio y desprecio y el final silencio ofendido con que todos se retiraron.

Entonces me dispuse yo —al igual que vos, espiando sobre mi hombro con la respiración alterada por los nervios— a enterarme del contenido del legado. Es la única caricatura de la colección que mereció iluminación a color y —a grandes rasgos— puede decirse que reproduce eficientemente el aspecto de su modelo: el tono de nuestra piel, el brillo de mis cabellos y los tuyos, la misma pose aquella en que nos dibujara, grotescamente enlazados y fornicando juntos, tal cual lo hemos venido haciendo casi desde el momento en que conocí a tu padre.

Querido hijo:

estamos temerosos por su salú puesto que hase como dos meses que no resibimos notisias suyas pero seguramente calculo que andará hecho un potriyo y en lo que debe estar ques aplicarse al estudio como nos prometiera y como yo y la vieja estamos seguros por la confiansa que le tenemos desde chico cuando la maestra en la escuela nos desía que era muy intelijente y que lo hisiéramos seguir estudiando que tenía que llegar a ser injeniero o dotor. Su padre que nunca tuvo esa oportunidá se lo puede decir por esperiensia que el mundo es de los que triunfan y que de nada vale andarse rompiendo el lomo trabajando si al final nadies se lo reconose si no es que eso le valió pa ganarse una posisión desaogada. Por eso en la vida hay que asegurarse y estudiar cuando se puede como usté para llegar a ser alguien por su propio merito y no tener que andar de arriba para abajo mendigando un empleo en la intendensia o la jubilasión para no tener que morirse de hambre de viejo. Recuerdese siempre quel diploma da patente de hombre bien y a la final importan los que yegan y los que yegan ganan y los que ganan mandan, siempre fue igual. Usté no se me achique y gane, y dirá que yanda el viejo jodiéndolo otra ves con eso de la esperiensia pero sepa que no es que no le respete su modo de pensar ni le tenga desconfiansa, aquí estamos todos orguyosos sabiendo que progresa y está adelantado en la universidá, pero por la radio nos enteramos de que hay mucho lío en la capital y las cosas andan bastante entreveradas. No es mucho lo que disen pero el Nico Ernándes que acaba de volver de Montevideo nos contó que la polisía y el gobierno les tienen proibido a las radios haserles propaganda a los comunistas y a toda esa gente que parese está metiendo el escombro y el Nico dijo que la cosa pela y hasta muertos hay y tiene miras de ponerse peor, así que entonses entenderá con cuanta preocupasión lescribo esta carta desiando que nos conteste a la brebedá nada mas que para tranquilisar a la boba de su madre que anda con el jesús en la boca porque lo ques por mi no presiso que me lo diga para saber que usté no tiene nada que ver con esos lios ni los autos que les insendian a la gente que de repente se sacrificó la vida entera para comprarlos y que si uste no escribio es porque esta muy ocupado en la faculta sin que le importen que le yamen rompeguelgas y va dar los esámenes aunque sea el unico, yo deso ni presiso averiguar, solamente mande unas letras para saber questá bien de salú y no presisa nada y sigue salvando y de paso cañaso para festejar me abro una boteyita del vino del año pasado que ni se imagina lo bueno que me salió pero que cuando vuelva lo va probar.

Le manda un fuerte abraso su viejo Celedonio.

LAS PACES DEL AMOR

Dolores quisiera pasarse la mano por la barriga, ese globo dormido y hormigueante que se le fue inflando silenciosamente en el centro del cuerpo, creciendo lento y fofo como una bola de aire a medida que le volvía el conocimiento. Si las fuerzas le dieran llevaría la mano hasta tocarlo, palpar qué le hicieron, de repente al abrirla le sacaron los ovarios, las tripas, todo para afuera. Pero no puede moverse ni logra recordar, las cosas se borran después de la imagen en que Gregorio manotea el saco y agarra el revólver, se esfuman entre el humo gris azulado de la pólvora reventando contra su cara, ese olor fuerte picando en la nariz.

Ahora va a morir. Hace rato que lo viene sospechando, sintiéndolo adentro, en el cuerpo que se le ha estado rellenando lentamente de aire frío, en las fuerzas que le faltan para abrir los ojos, en las voces que le llegan claras, pero de muy lejos. La del médico que retorna con el policía de Investigaciones.

—La nurse actuó correctamente, usted debió dirigirse a mí desde un principio, tenga en cuenta que, aquí, la jerarquía y el cumplimiento de las órdenes superiores son tan estrictas o más que en el ejército o la policía.

El otro hombre ensaya una sonrisa indefinida, entre aburrida y tímida a la vez.

—No olvide que yo vengo porque me mandan. ¿Sabe? El inmediato suicidio del tipo ha dejado el caso completamente a oscuras, tenemos sospechas que es preciso aclarar.

—En mi opinión, nos quedaremos con las ganas de saber qué pasó —concluyó el médico en medio de una mueca indiferente—. Su estado es desesperante y seguramente no recobrará el conocimiento antes de morir. Ustedes —agregó con ironía— deben saber mejor que yo que cinco balazos en el abdomen no son jauja. Es un milagro que haya resistido la operación, pero más allá de eso...

así que se pegó un tiro el desgraciado

¿cuántas veces le previne que terminaría en esa forma?

estaba loco y ni sabía lo que quería, vos hacías las cosas de un modo y te las agarraba a patadas gritando que las quería al revés, le dabas el gusto y dale, que al derecho

¿de dónde saqué las fuerzas para aguantarlo tantos años? ya ni sé, puede que del cariño que le tenía

aunque si lo pienso bien no estoy tan segura, me resulta difícil definir

pasaba días sin aparecerse y yo meta rumiar mi rabia y decidida a mandarlo a rodar de una buena vez; lo repasaba mentalmente: era sucio, siempre olía a caña, nunca tenía un vintén en el bolsillo, me plantaba por cuanta atorranta piojosa se le cruzaba al paso y encima, si se le antojaba quedarse en casa era por puro armar bronca, esperando el momento de agarrarnos en alguna al Omarcito o a mí y zamparnos un moquete, no lo iba a tener curtido al pobre chiquilín, si daba lástima

y yo pensaba: ¡no te irás, no reventarás de una buena vez y bien lejos de aquí...!

—Una verdadera bestia, doctor, le tiró a mansalva —explicó el policía sentándose junto a la cama—. Y qué quiere que le diga, a algunos ni el diablo los entiende. En este caso los abogados son los primeros sorprendidos, cuentan que hasta un rato antes ninguno tenía interés en presentarse. Estaban decididos a terminar. Pero ahí tiene: se topan en la puerta, se saludan, se paran a charlar y, cuando les toca el turno de comparecer, no los encuentran por ningún lado. El juez bramaba.

El médico se acercó a la cama de Dolores, le asió la muñeca y se estuvo unos instantes silencioso, luego le hizo una seña a la enfermera, mientras sacudía levemente la cabeza.

—El oficial está autorizado a permanecer junto a la paciente —murmuró señalándolo—. Cualquier novedad se comunica.

milico

sentate nomás que vas muerto si esperás que esta boca largue algo

manga de atrevidos, quién les habrá pedido opinión

¿qué podés entender vos, milico, lo que sentía por él?

si me alcanzó verlo parado en la puerta como un perro apaleado para que las tripas se me revolvieran de un modo que pensé: "estás igual, no cambiaste, estás frita" y él se dio cuenta y se me prendió del brazo "te necesito volvé"

hablaba bajito usando las palabras de todos los días "a un tipo bruto cualquiera puede darle diversión, pero aguantarlo ninguna y si te ando maltratando la vida entera es porque vos me dejás ser libre y lejos de vos no soy nadie"

igual con el Omarcito que estaba en casa de mi madre y quería con él: "somos una familia a pesar de todo y no me gusta andar guacho"

"yo no te prometo nada, estoy viejo para cambiar, vos dame un poco de consuelo aguantándome, volvé".

Acercándose sin hacer ruido, la enfermera se detiene a espaldas del policía. —Póngase contento —le dice— ya se sacó el gusto, ¿no andaba queriendo interrogar a la enfermera?, y dele, pregunte nomás.

El hombre volvió la cabeza con sobradora lentitud y mientras sus labios se arqueaban en un gesto de complicidad simulada, susurró:

—Te voy a contar un secreto: lo del interrogatorio era una excusa que busqué para poder estar cerca tuyo. Acercó más su cara hasta casi rozar la de la mujer, la miró a los ojos y sonriendo francamente terminó:

—¡Vamos!, que ya sos mayorcita. Dejá de hacerte la mala... yo sé que cuando querés te ponés muy simpática, ¿eh? Me perdonás si antes estuve un poco prepotente y hacemos las paces y chau.

estos empiezan haciendo las paces y después hablan de amor, pero nunca se llegan a enterar de lo que dicen o si se quieren de verdad porque para ellos el juego consiste en ver quién joroba mejor al otro

y no preciso escuchar para saber lo que viene: se amigan, se arreglan, salen juntos y terminan en la cama

nosotros pasábamos de la pelea al amor sin hablar de hacer las paces, no teníamos tapujos y de ahí que las agarradas de común empezaban con insultos, seguían a los bifes y terminaban en el abrazo y entonces aunque Gregorio ya no gritaba medio mordía mi oreja murmurándome porquerías y yo igual y todo allí entendía lo que le pasaba, esa desesperación que siempre tuvo, una cosa que no se puede explicar porque era como un ciego desvalido buscando un sitio donde largar la presión que le llenaba el cuerpo, la rabia que recién venía a desahogar cuando estaba adentro mío, por eso lo iba dejando hacer acariciándolo despacio, despacito y más fuerte después y al fin arañándolo a lo loca hasta que los dos sentíamos aflojársenos las fuerzas de golpe, ablandarse el cuerpo entre una oleada de chuchos, hundirnos en un pozo sin fondo en el que se hacía nuestra paz, una unión amarga y dura que nos sofocaba la garganta igual que un llanto, pero que valía por todo lo demás.

Levantó la mano e hizo una seña. La *nurse* abandonó las camas del fondo de la sala y se acercó.

—A ver vieja, ¿te parece que recobrará el conocimiento?

La mujer manipulaba el manómetro del tubo, luego enderezó la cabeza de la paciente asegurándole la máscara de oxígeno, finalmente revisó el pase del suero. "No —replicó entre dientes. Cambiando la entonación le advirtió mientras se retiraba—: Y no se te ocurra tratarme de vieja o hacerte el confianzudo delante del doctor".

"aquí es imposible hablar, estos juzgados parecen ferias y la pinta de los picapleitos me revienta, qué le vas a hacer... zafate entre el montón al disimulo para algún sitio donde se pueda estar tranquilos".

me sacó sin chistar y yo me fui pensando en las pavadas que a esa altura discutían nuestros abogados y me dio risa pensar la diferencia con Gregorio, él era natural y entre palabrotas decía verdades, cosas que únicamente nosotros dos podíamos entender

así que no me resistí ni abrí la boca cuando me arrastró lejos del juzgado, creo que él también se sintió distinto y contento disparando así, igual que dos chiquilines haciendo una rabona

pero en la puerta fue distinto porque las casas de cita nunca me gustaron y todavía teníamos nuestra pieza y una cama vieja y ruidosa pero que era de nosotros y volví a pensar en los abogados pero esta vez me pescó en el aire: "dejalos que revienten y entrá"

y nos tiramos en la cama y fue parecido a los primeros tiempos con tanta necesidad que yo tenía de él y él de mí, pesándome con todo su cuerpo sobre el mío y estas manos ásperas y duras como piedras agarrándome los muslos abriéndolos con la fuerza ansiosa de quien quiere volver a sentirse dueño

"así que volvés"

lo largó sin aviso, quería estar seguro y yo le contesté vuelvo, él estaba casi adentro mío, vuelvo pero el chiquilín se queda en casa de mamá porque no tiene la culpa de nuestras cosas y allá vivirá mejor, seguía moviéndose entre mis brazos y comenzó a resoplar sin que me diera cuenta que era de rabia y entonces lo abracé fuerte y le dije te quiero te quiero y vamos a seguir pegados esperando lo que dios quiera sin que importe nada no importa nada, y a él tampoco le importó nada, bufaba, te juro que te quiero y seguía bufando y nada y volvé que he vuelto me doy cuenta que no puedo abandonarte nunca menos así adentro mío querido y vos siempre dijiste que soy una podrida pero voy a quedarme y vos te voy a dar no aguanto que me dejés ni me pongás condiciones y menos que me lo saqués sabés es mi hijo y voy a volver y te voy a matar y te vas a vestir y no me abandonés ahora no te vas a vestir estás agarrando el revólver y volvés

—¿Cómo andan las cosas por aquí?

El hombre se reclinó alcanzando los dedos que se enredaban entre sus cabellos acariciándole la nuca. Se incorporó sin soltar la mano.

—Nada che. Es una pesada —dijo reprimiendo un bostezo—. Hace un rato se puso a respirar fuerte, pensé que estaba por despertar, pero enseguida se calmó y duerme de lo más tranquila.

Con un gesto rápido la enfermera se liberó del policía para inclinarse brevemente sobre el lecho, luego estirar la sábana hasta cubrir el rostro de Dolores y al fin erguirse lentamente hasta enfrentar la perpleja mirada del hombre y murmurarle: "Sos un animal".

éramos ojos irritados y estornudos contenidos en la flotante resaca invisible del gaseamiento de la víspera, con más de veinte milicos despanzurrados y nosotros un muerto y muchos de los que todavía ni se sabe

los mil y una nochecita fresca confluyendo en la explanada, tapiados entre un correrse presuroso de cortinas metálicas y extinguirse de luminosos y alzarse de barricadas a la luz de las hogueras y del repiqueteo de tantos y tantos fierrazos para el tañer del hierro de las columnas, el doblar del bronce de aporreadas estatuas, el chirriante zinc de la propaganda cocacolera cadenciando el enronquecer de las gargantas.

a - se - si - nos - a - se - si - nos - a - se - si - nos - a - se - si - nos

y atrás en la mente los ficheros reventados y las astillas prendidas a las bisagras violadas de la facultad y muchas otras cosas reventadas atrás y adelante en la mente, adentro mismo todas las rabias juntas mientras al frente únicamente el cordón uniformando la pedrea, el acero del casco reclamando su golpe de piedra y el garrote y el fusil y la granada y más allá de nuestras fogatas la caballada y la tropa sable en mano para quien fuera después de la metralla
acaso este silencio silbante tallado a espadonazos, a canto y filo de espadones mantenido silencio hondo de ahora, el que se cuela y

se junta en el cuenco de las manos torpemente vacías y se derrama
y ahoga el lento arrastrar de los pies y el eco de las palabras que
vociferan las bocazas negras de los pizarrones dentados por los
trazos blancos de aquella frase de Gaitán que termina y si muero
vengadme

EL ACECHO

Quitás el cerrojo de la puerta.

Retrocedés para levantar las manos a la altura de tus ojos, girar frente a la ventana, volverlas a mirar. Sus caricaturas de radiografías gordas al contraluz mortecino, agonizante del atardecer.

Esos, tus dedos rígidos. Firmes. Esqueletos radiados recostándose al resplandor creciente de la luz de neón que va empañando el vidrio polvoriento.

Ahora te sorprende verlos en movimiento, su nueva seguridad, esta increíble ausencia del temblor antiguo, la actual firmeza que les permite enroscarse y desenroscarse hábilmente, manipulear la cámara, extraer el rollo, disponerlo todo.

También tus piernas.

Recorren con pasos exactos los atestados metros cuadrados sintiendo que al cabo de mucho han vuelto a asumir una definitiva, real dimensión. Ni más ni menos extensos, justo lo suficiente para contener la cama de bronce, el ropero fúnebre con la luna enorme y raída, la mesa de luz descascarada, tu equipo de fotógrafo diseminado por doquier, las cajas, los focos, los trípodes, la ampliadora, la cuerda de secar —placas y calcetines— la puertita del baño, cuarto oscuro.

Antes de meterte en él —zambullirte en el mundo epidérmico de la luz roja, sumirte en la gelatina inmediata y rosada de tu piel y los baldosines y la pileta y las ondas del revelador— tenés que cerciorarte.

Volvés, separás los visillos y mirás.

Todavía permanece allí. Al borde del cordón, junto al árbol, al pie de la ventana.

Entonces te movés rápidamente (apenas si queda tiempo) desenvolvés el rollo (sin embargo te sentís tranquilo, embargado por la extraña sensación de estar ya del otro lado) lo sumergís en el revelador (lo que estás revolviendo en tu mente no pasa de esas especulaciones teóricas que uno suele hacer sobre los hechos ya consumados) ponés en marcha el reloj.

La tarde termina de esfumarse afuera, pero no vas a encender las luces.

Solo retornar a la ventana con el film procurando reconocer las siluetas en el negativo, reconstruir la larga tira transparente al resplandor del luminoso que se apaga y se prende pulsadamente.

Levantás el rollo sobre tu cara, sentís las gotas de humedad resbalando sobre los pómulos, ese olor mohoso de los ácidos del revelado. La mezcla cromática del blanco y negro y rojo de fondo del neón.

En fin, tu largo acecho,

andrea
el cielo
la mancha más oscura el aire puro azul
la tierra vieja piel tostada y dulce
esas maniobras de otoño en la sierra

marilén
los pelos largos rubios como un trigal de mentira
los labios un poco gruesos irónicos

los labios de la cédula falsa
el pasaporte suizo
la placa de TV con el rótulo SE BUSCA
todavía burlones desde el reticulado del horrible cliché de la
crónica roja

rostros
sucios cansados febriles peludos una tarde de abril en cerrillos

él aquí (cuando descubrí su acecho)
al borde del cordón al pie de la ventana junto al árbol
segunda (el mismo gesto embozado, los ojos ocultos)
tercera (medio escondido, metiéndose en un auto)

ramón
cuando estrenó su rifle
probando su rifle ramón

y antonio:
"para que algún día se la pueda mostrar a mi mujer"

él otra vez (saquito corto, de espaldas)

andrea
dio la vuelta al mundo
especialista en lenguas sajonas en cambridge
en lenguas muertas en la sorbonne
guerrilla urbana en montevideo donde nació
la mataron al expropiar un banco

él de nuevo
las manos en los bolsillos
el pantalón ajustado (le marca bien el traste)

norberto
tampoco en la cárcel podrá ejercer la ingeniería

él en primer plano (denota cierta desconfianza, ¿intuye el ojo de la
cámara?)

ramón
instalando el grabador cuando copamos la emisora y pasamos el
manifiesto revolucionario

andrea —después del casamiento— y ramón antes de que lo aga-
rraran y le rompieran los huevos a patadas

él (¿la mejor?) con tele
morocho
frente estrecha
párpados rasgados oscurecidos
pestañas ralas
cejas pobladas prominentes
cara afilada, mandíbula puntiaguda, pómulos salientes, nariz chata
bigotito
un hilo recorriendo el labio amoratado

y antonio el 3
(lo agarraron el 4)
interrogado hasta el 9
el 9 cuando alcanzó a zafarse
llegar a la ventana
mi hermano

o

el largo acecho del otro

o

el mutuo acecho

o

el acecho de la cámara y la trampa del film y el interrogatorio del revelado y la eterna condena del negativo con la muerte como obsesión constante, palpable en estas últimas tomas concentrando el tele, impregnando el rostro que se agranda a cada recuadro, crece, se amplía, aproxima sus ojos a los tuyos, los enfrenta, los va descubriendo paso a paso, los informa de tu vigilancia tras la persiana, los encamina secretamente entre los resquicios permitiéndoles recomponer tus movimientos, los entrega al fin a la pupila implacable de tus lentes para enmarcarlos solos y duros y fríos y verdugos en la penúltima toma y plasmarlos desorbitados, certeros, impotentes, avisados, ya helándose antes del disparo simultáneo de los dos gatillos, antes aún de petrificarse de modo irreversible —afuera, al borde del cordón en la vereda— y en la última placa, esa, la que no soltás ni cuando patean la puerta y entran y te criban a balazos.

Según la versión policial, unos cien estudiantes marcharon en columna por la calzada, próximas las once horas. No habrían recorrido una cuadra, cuando de un *jeep* policial descendió el oficial a cargo con el fin de invitarlos a deponer su actitud manifestante, circunstancia en la cual aquellos desataron una nutrida pedrea.

A pesar de ello el funcionario persistió en su intento disuasivo, siendo entonces que resbaló cayendo al piso. El grupo de exaltados se le echó encima con intenciones de golpearlo, por lo cual el policía se vio obligado a extraer su arma y efectuar una serie de disparos intimidatorios, uno de los cuales fuera casualmente a herir al estudiante que falleciera en la mañana de hoy.

El muerto era miembro de una modesta familia de verduleros y, si bien se había matriculado en la Facultad de Arquitectura, considerando sus escasos medios económicos, decidió primero cursar los estudios de mecánico dentista en la Facultad de Odontología, donde recientemente se graduara.

Había viajado a la URSS y Cuba. Su sepelio tendrá lugar esta tarde en el Cementerio del Buceo.

DELIA NOMBRE PROHIBIDO

Ahí viene su ama. Está tras sus espaldas. Está muy envejecida. Está desconfiada. Siempre desconfía a esta altura de una recepción conociendo de sobra que usted sigue tomando whisky como una cuba, y recela temerosa de que se le vaya la lengua y diga alguna inconveniencia que deje malparado su prestigio, que a esta altura y en su carrera es una de esas cosas de las que resulta imposible prescindir.

...que tantos y tantos años en ejercicio de la profesión la tienen cansada...

Justo detrás suyo. Avanza con dificultad buscándola entre los invitados, mientras usted sigue perorándome y yo evito mirarle a la cara, negándome a caer en el asco de sus encías viejas, de un color blanquecino y pútrido que me revuelve el estómago. Está detrás suyo, desea saber qué conversamos, me abarca desde el fondo acuoso, del gris semidesleído de sus pupilas hurgando en mi expresión el reflejo de su charla.

...dado que no necesita del diario para vivir...

También podría ver la *fondue*, la pasta que revuelve entre sus dientes, la que amasan los vaivenes de su lengua, la que despide al hablar y vuela en minúsculas partículas que se estrellan y restan enfriándose en mi cara, fraguando lento sobre las solapas de mi saco.

...convenimos decir que ha decidido jubilarse, un modo de resguardarnos de la curiosidad de los demás que con esta crisis en los diarios no hacen más que preguntar: "¿A ustedes también las despidieron? ¿Van a seguir al frente de la página social?".

—Esté atenta, Estrella, nos iremos con el embajador de México, quien ha tenido la amabilidad de ofrecerse para llevarnos a casa. Así que no se aleje.

—No, señorita.

no señorita, no Delia que no puedo pronunciar, Delia que vuelve a ser tabú, nombre prohibido a una dama de compañía, aun a aquella que como yo se ha convertido en más que tu secretaria, escribiendo, redactando, entrevistando, concertando citas, representándote, supliéndote libreta en mano y sonrisa en boca, ordenando la pose de las señoras para los fotógrafos, fichando nombres y apellidos, cargando con lo más arduo de tu trabajo en el diario

intocable en esta segunda etapa igual que hace tantos años, Delia del recuerdo, las tardes del arroyo, las de la estancia, la niñez y la juventud de ambas: la Delia de mis primeras visiones, figura frágil que arrebataban las gasas de los vestidos, el polvillo fino de los senderos removidos en el traquetear de los charrés orillando chircales donde la hija de los peones acechaba el paso de las romerías deslumbrantes, los invitados, la niña Numas vestida de blanco

y después la ruina y la venta apresurada de las propiedades en Montevideo y radicarse en la estancia para asumir personalmente la dirección de las faenas, decretar las máximas economías, romper los puentes con las amistades capitalinas, sentir cómo la casa devenía enorme e inhóspita ausente la bullanguera corte

—Te juro que prefiero morirme antes que seguir viviendo así. Nunca podré habituarme a esta desolación, a la chatura de las praderas interminables, a su monotonía asfixiante.

—Resignación, Delia, hijita mía, sabés que es apenas un pasaje, muy pronto estarán recuperadas las haciendas, fuertes las majadas, la zafra venidera nos pondrá de vuelta en Montevideo, con la fortuna recuperada y en la posición que nos corresponde. Ya verás retornar los días que añoramos y estos se esfumarán como un mal sueño, pero hay que conservar la paciencia, querida.

—Que alguien me ensille al Moro. Voy a salir.

—¡Ay m'hija... no es esta la forma de ayudarnos, Delia! Martirizándonos mutuamente no logramos más que empeorar la situación. Montás con el sol cayendo y no volvés hasta bien entrada la noche, yo aquí me quedo con el corazón en la boca sabiéndote sola en la oscuridad de los campos. No puedo soportarlo un día más, he tomado una resolución: de hoy en adelante te acompañará Estrella. Es toda una mujercita, callada y discreta. Te encantará tener una damita de compañía.

proyectada unos pasos detrás fui la encarnación de tu sombra; si tu caballo andaba al galope, galopaba el mío, si al trote, trotaba, no más te detenías yo me inmovilizaba acechante, lista a seguirte en cuanto esbozaras un movimiento

desde el comienzo tuve conciencia de mi intrusión, de mi calidad de elemento extraño sobrevenido en la escena de tus atardeceres nostálgicos y solitarios, mi condición de polizonte destinada a transformarlo todo: desmerecer la identidad que tu ser aislado asumía en tales ocasiones, robarte algo más importante que tu soledad —la magnitud de la misma— y acabar devorando tu silencio, rendido sin batalla ante la ferocidad del silencio denso y vital que brotaba de mi pecho y en el que me encerrara desde la primera de nuestras cabalgatas de aquel verano

hoy es distinto, las décadas que precedieron a nuestro reencuentro nos han devuelto las palabras, aunque sobreviviendo a aquellos remotos días reste una presencia inalterable: Delia, tu nombre para el cual mis labios deben seguir sellados, porque seguís siendo la patroncita, la señorita Numas

—En la Ciudad Vieja, señor embajador, verdaderamente el tiempo en el Uruguay es una caja de sorpresas... otra vez lluvia, humedad, esa neblina pegajosa, muy londinense, efectivamente, muy rioplatense... México en cambio es el país del sol radiante, de la luz todos los días, del mediodía eterno, del resplandor, ¿trae las llaves, Estrella?

—Sí, señorita.

traigo las llaves traigo el Delia aherrojado a los labios desde las tardes del arroyo, desde los días de tu desconcierto y de mi vigilancia, desde los días de la inmovilidad de tu caballo de espaldas frente al mío, desde los días en que te morías por descifrar mi actitud hermética, leer mis pensamientos sintiéndome los ojos clavados en tu pelo que era rubio, palpándote la nuca, recorriéndote con curiosidad ávida, rozándote con la suavidad de un perro lamiendo la palma de su amo

cuando lo descubriste era tarde y de nada te valió el intento: estabas sumida, hundida en el pantano, sorbida por el silencio lodoso de mi presencia y fue inútil tu intento por romperlo, escapar, resistirte, acaso desarmarme

ya era febrero ya, las tardes tórridas, el fuego líquido descendiendo a plomo del cielo, me parece verte desmontando agitada, asegurás el caballo a las ramas de los pitangueros al borde de la playa, te sacás las botas de montar, el pantalón ajustado, la blusa blanca, quebrás el remanso claro, transparente, hendís la superficie como un magnífico pez dorado, el agua reviste tu piel tostada de un brillo cristalino que hace centellear las redondeces de tus hombros bajo el sol

—Aquí, frente a esta luz, señor embajador, adelántese, Estrella, usted tiene las llaves.

y yo los mismos movimientos mecánicos, medidos, un pie y luego el otro al filo del cordón, deslizarse del asiento y tener que soportar el peso del cuerpo sobre las piernas, bajar igual que del caballo una noche perdida, tarde nochecita luego del calor que había fundido los campos, disuelto los confines entremezclándolos en la uniformidad del amarillo, ocre y dorado, amarillo, ocre y dorado de los pastos maduros

—Adiós, señor embajador, embajadora, buenas noches, gracias otra vez. Estrella: quite las llaves, cierre por dentro.

aunque da lo mismo, la noche entra inexorablemente, se infiltra la negrura, el olvido, corre, se mueve, es una corriente que no se detiene ni vuelve atrás, lenta, cansina, tan constante como las sombras que adelantaban nidos en los aledaños de las casas, tejían telarañas en las horquetas de los paraísos, difumaban las siluetas de la peonada, fila de hombres indecisos rumiando el murmullo sordo que viene a romper el capataz y se adelanta sombrero bajo el brazo y lleva la mano a la frente y después la estira hasta rozar la mía, murmura —es el turno de la fila— se adelantan y mascullan al rozar mi mano y retirarse —también nuestros caballos—, resuenan los cascos alejándose rumbo a los corrales y llevás al mío de la brida, Estrella

—Pase, señorita Numas.
a pesar de no haber extraños, aun encontrándonos solas en medio de la fría intimidad del apartamento
señorita Numas
sin que pese el recuerdo ni el retorno luego de los veinte años
que sucedieron a aquella nochecita de febrero en que el patrón Numas revisaba alambradas, cuando se alzó la crucera al paso del caballo, cuando el bote cuando el respingo y la caída y la nuca en la piedra y el chasquido, la muerte, la venta, Montevideo sí y este apartamento de la Plaza Matriz, carrera como cronista social, a los cuarenta y pico culminabas, eras la jefa

—Estrella...

iba a decirte del odio que tenés adentro, ese resentimiento que ningún barniz podrá disimular y se destila desde los ángulos de tus facciones aindiadas, el pelo canoso y tenso que distingo ahora que sos vos la que das la espalda y yo quien busco la silueta de aquella tarde veinte años atrás, la vuelta del cementerio de enterrar a mamá, mi retorno al apartamento que aguardaba con su carga de recuerdos marchitos, su pulso decadente, sus cosas infiltradas de una cierta rigidez amenazante, progresiva, sus espejos invadidos por una imagen intrusa, copados por un rostro súbitamente ajeno, una cara de arrugas incipientes y cabellos agrisados en la raíz, unos ojos que habían perdido brillo para ceder lugar a la desesperanza, la frustración, el dolor, qué sé yo, el cansancio y al fin lo que acechaba detrás de una puerta que no tendría más remedio que abrir, esa puerta donde te encontré esperando

Estrella

¡qué alegría después de veinte años!

Estrella

pronuncié tu nombre por primera vez, recién a los cuarenta y pico viniste a conocer el metal de mi voz, Estrella

Estrella a boca llena, compañía

dama de compañía vuelta para ayudarme en otro momento de soledad.

—¿Señorita?

no preciso volverme para saber que ha quedado mirándome con los ojos llenos de lágrimas, tenés un gesto de perro faldero, los brazos inertes al costado del cuerpo tembloroso, sus manos crispándose mientras musitás, suplicante

—¿Por qué?

permanecés cruel repantigada al otro extremo del sofá y brillantes de odio tus ojos pequeños, Estrella, siguiendo el arrastrarse de mis pies que se aproximan y

—¿por qué...?

abrís los brazos en ademán patético, descomponés tu rostro en cien colgajos que se echan a navegar cada cual por el río de la arruga más cercana, al fin tu faz termina de disolverse en medio de un mar de lágrimas y—

no, el pañuelo lo sacó de la cartera, lo metiste en uno de los puños de tu vestido, en ese, el izquierdo

—Siempre empezás igual... no podés vivir sin hacerlo... antes humillarme al último grado... estás llena de rencor, no te conmueve ni el verme arrodillada y llorando...

suplicante, abrazada a mis piernas, hundiendo tu cabeza en mi regazo, siempre termino por ceder: te acaricio el pelo, beso tu frente, dejás de llorar, tu cara se enciende de felicidad porque ya lo olvidé

—Ya está olvidado, mi vieja, mi querida, mi amor, mi Delia, Delia mía

te digo Delia, vos escuchás tu nombre como una señal, me abrazás, caemos enlazadas en el sofá y, en la oscuridad, desesperadamente, buscamos rescatar las formas de otros días

Miguel movió sus piernas y avanzó unos metros embretado en la cuádruple fila que marcha a tranco lento y se estira a lo largo de cinco cuadras antes de injertarse en el tumulto que desborda los límites de la explanada, cubre la escalinata de acceso, invade el hall de la Universidad, trepa trabajosamente los desgastados mármoles de los escalones y se apretuja por entre el espacio que comprimen los muslos de las cariátides que flanquean la entrada al Paraninfo y ya adentro se desmadeja y arremolina y disuelve bifurcándose en sendas hileras que bordean las márgenes de la multitud silente que monta quieta guardia en tomo al catafalco, para emerger más tarde y al fondo, como un reguero de hormigas que se infiltra al través de la salida posterior.

> Permanece ignorado el paradero del jerarca de gobierno e ideólogo de la actual política presidencial, raptado por los sediciosos hace hoy ya cinco días.

La voz del altoparlante tiende hilos, esboza un orden que parece casi imposible en medio del hacinamiento. "Los compañeros de Medicina tercer turno de guardia".

Miguel escucha, perdido en medio de un mundo de gente entre la cual no puede reconocer un rostro. Todos le parecen iguales, reiterados hasta diluir sus rasgos particulares en la semipenumbra, reducidos a una especie de denominador común de dolor y bronca compartida.

Esta vez los amigos de lo ajeno optaron
por visitar la finca de Santiago de Anca n.º 332
de donde sustrajeron dos bicicletas avaluadas en cien
mil pesos.

El cuerpo está situado al centro, en medio de un mar de flores y
al pie del alud de coronas entre las cuales Miguel procura ubicar la
que le votaron en su facultad. "Derecho se reúne en el Centro a la
una y treinta".

Por orden expresa de la Jefatura
de Policía de Montevideo, los medios
dedifusiónsevieronobligadosaretener
porlargashoraslanoticiadeldecesodel
estudiante baleado durante los
recientes disturbios.

La corona y la declaración se aprobaron simultáneamente después
de un acalorado debate en cuyo transcurso las mociones radicales
de un sector resultaron demolidas bajo el peso disuasivo de la argu-
mentación de dirigentes veteranos que exhortaban a la moderación.
(paciencia viejo, yo también estoy caliente, pero no es el momento)

El brazo de Carlos sobre su hombro.
(para emplear el lenguaje apropiado: las condiciones no están dadas, ahora importa fundamentalmente salvar la petisa)

El tono meloso de Carlos en su oído.
(estrategia; la muerte del compañero fue estratégica, trágica también, claro está, pero siquiera por un momento apuntemos a los
fines: esto es una gran victoria)

Ahora te golpea entusiasmado el hombro, te soba el brazo familiarmente. Sonríe. Una sonrisa ancha, que le ilumina bien los ojos. (la policía quedando como la mugre, el gobierno embarrado, el pueblo con nosotros, ¿cuánto hacía que no veías una cosa así?)

Te suelta. Se acaricia la barbilla y clava en tus ojos una mirada dura; luego encoge los hombros, sacude la cabeza convencido. (pero no vayas a olvidar lo que te digo ahora: ellos están en la reculada y lo saben, así que solo esperan un motivo, una excusa, una imprudencia de parte nuestra que les dé la ocasión de justificar y cobrarse esta humillación, entonces: mucho ojo, nada de perder el control o nos hacen papilla en menos que canta un gallo)

HAY MUCHAS MANERAS
DE VOLAR A TODO EL
MUNDO
ALGUNOS SON RÁPIDOS
OTROS SON PUNTUALES
NOSOTROS ADEMÁS

SOMOS CORDIALES

PARA JUGAR A LOS BARCOS

capaz que a mí también me traen una cama nueva alta rosada que sea únicamente mía y no haya que compartirla con ninguno y tenga barandas de muchos palitos redondos para jugar a los barcos cuando me acuestan a dormir la siesta y no tenga ganas estas tardes de calor que papá me obliga mostrándome la zapatilla y si no le hago caso me la ligo igualito que hace un rato por preguntar si me venían a dar la cama alta rosada y el chiquilín de barba rubia me acarició la cabeza papá gritó que me metiera para adentro mocosa de mierda dejame hablar en paz con los muchachos que esta vez vinieron tranquilos parecían apenados y dijeron que ellos no habían tenido ninguna culpa pero lo mismo iban a darnos cosas nuevas porque nosotros tampoco la teníamos y al final siempre son los pobres los que pagan el pato y ayer habían sido policías vestidos de particular para romper vidrieras y robar y prender fuego cosa que todo el mundo pensara que eran los estudiantes y después dijeran está bien que los maten sinvergüenzas y mejor que uno por lo menos veinte de escarmiento y donde no alcance empezar a liquidar a los comunistas y a los otros imbéciles que les siguen la corriente contaba el de camisa blanca y pelo largo pero papá lo miraba desconfiado del umbral con la puerta entornada y yo me agaché sin que se diera cuenta entre el marco y las piernas de papá para vichar lo que hacían porque estaba segura de que no iba a volver a pasar lo de anoche ni tenía miedo como cuando me desperté asustada con el griterío de la vereda y me asomé y vi montones de gente rompiendo cosas arrastrando ruedas de auto con olor a kerosén que las arrastraban y las prendían en el medio de la calle sin que esta vez fuera igual que muchas otras veces antes que aparecieron enseguida los milicos tirando balazos y cosas con humo que hace arder pilas los ojos peor que mamá picando la cebolla y un poco después vi que papá estaba levantado y mamá también y el Carlos y la Anita y la Memé y el Julio también corrieron a fijarse por qué estaban gritando que había que prender el clú que es la casa adonde nosotros vivimos y así que cuando escuchamos eso salimos disparando de la pieza de acostarse a dormir y cruzamos el patio de las baldosas con florcitas y el corredor pintado de rosado y llegamos a la sala grande llena de sillas y bancos y banderas con los cuadros grandes de colores del hombre como viejísimo de bigotes puesto al lado del señor de lentes medio pelado con ojos chiquititos brillantes que vino dos veces y me acuerdo que una me tocó la cabeza y la mujer con olor riquísimo me dio un caramelo y papá estaba orgulloso y muy nervioso y limpió una silla con el pañuelo para que ella se sentara y me zampó un cachetazo por poner las manos en las piernas de la señora y yo juro que las tenía limpias de veras pero se enojaron porque capaz que le enchastraba la pollera con el caramelo que la señora me dijo sonriendo por qué no me iba a comerlo al fondo mientras me empujaba suavecito y después me tocó la cabeza y no se acordó más de mí porque estaba lleno de gente que le agarraba la mano y le sonreía como queriéndola mucho y más tarde gritaban y aplaudían contentísimos al señor de lentes parado hablando cosas que no se entendían nada y capaz que a papá tampoco le gustó porque ni bien el hombre abría la boca él empezaba a aplaudir como un loco y los otros igual y entonces no se podía escuchar así que al final de aburrida me dormí pero anoche no pude ni pegar los ojos con el escándalo que se armó en la calle y me parece que hasta mamá tuvo miedo porque de repente papá

la miró y le dijo que se quedara tranquila y ella le pidió por favor
que no saliera ni les gritara comunistas de mierda porque eran una
pila y él estaba solo con nosotros cuando sentimos los golpes en
la puerta y las pedradas contra las chapas del frente donde hace
poquito repintaron los números y un cuadro grandísimo con la
cara del señor pelado de lentes y de repente oímos que estaban
tirándolas abajo y las arrastraron al medio de la calle para tirarlas
a la fogata y yo justo pensé y me puse contenta que podía ser que
volviera el señor de los lentes que es el dueño del clú a sacarlos a
patadas y entonces capaz que la mujer me traía caramelos así que
prometí agarrarlos y decir gracias señora y comérmelos sin tocarle
la pollera cosa que no me la volviera a ligar pero fue pasando el
tiempo sin que se aparecieran ni ellos ni ninguna de la gente que los
acompañaba y papá y nosotros estábamos solitos cuando los tipos
de tanto golpear rompieron la puerta y allí sí me asusté bastante
suerte que el Carlitos que tiene diez años y es grande porque trabaja
de diarero me agarró y cuando él me tiene en los brazos a mí me
parece que no va a pasarme nunca nada porque me cuida y ahí jus-
tito fue cuando los hombres se metieron pegándole un empujón a
papá le dijeron quedate quieto veterano la cosa no es contigo ni con
tu familia no te metás y les va a ir bien a todos y agarraron toditas
las sillas de la sala y las banderas y hasta los cuadros con la cara del
señor que vino dos o tres veces y los tiraron por la ventana a la calle
donde más tipos lo juntaban hicieron un montón le prendieron fuego y atrás se levantaron hasta con los colchones de la pieza donde
dormimos y la frazada que tenemos el Carlitos y yo para taparnos
y al ver eso me puse a llorar pensando que íbamos a pasar frío y
porque la quería mucho a esa cobija que daba como un olor que de
noche si siento miedo me lo saca pero me tuve que callar enseguida
porque se me arrimó papá y pensé que me venía a pegar pero venía
a acariciarme la cara y me di cuenta que estaba triste y rabioso igual
que las veces pocas que está por llorar como cuando se murió la
Peche que es la más chica y me acuerdo la cara de papá gritando

furioso hijos de puta no sé qué le pegó una trompada a la mesa no vi más porque el Carlitos me sacó a pasear pero esta vez mi hermano no se movió de la pieza del fondo conmigo agarrada que papá dijo que nos quedáramos quietos allí y no tuviéramos miedo y mucho rato más tarde de acabarse los ruidos escuchamos a los bomberos que vinieron y se fueron y volvieron a volver y al final deben haber apagado la fogata porque no hubo ningún otro ruido hasta que me desperté en la falda del Carlitos que estaba sentado en un cajón y el Julio entró gritando que estaban unos estudiantes que querían darnos cosas nuevas por las que nos habían quemado en los líos de anoche entonces papá se puso a decir que los iba a sacar a patadas en el culo pero ellos eran cinco y hablaban bajito cada vez que papá empezaba a gritar malas palabras y al final le contaron que ellos no habían sido y que todo estuvo bien planeado para joderlos y hechito por policías que se disfrazaron de obreros y estudiantes pero ahora no importaba y los habían embromado así que igual querían darnos camas y sillas y colchones y cobijas y mesas nuevas y allí yo también pensé que podrían darme una camita rosada alta para mí sola con barrotes para sacar los brazos y jugar a los barcos y no llevar a nadie únicamente al Carlitos que yo lo quiero porque siempre juega conmigo sin enojarse y me regala cosas pero papá me gritó borrega de porquería métase para adentro justo cuando uno de los muchachos me estaba acariciando la cabeza y me iba a decir que sí y yo entonces me tuve que entrar pensando que si ellos no habían entendido bien o se olvidaban de traerme la cama alta rosada para jugar a los barcos se la pido de nuevo al hombre de los lentes o de repente se la cambio a la mujer por el caramelo que me da cuando viene si es que alguna otra vez viene.

ORIGEN, PUEDE LLEGARSE HASTA EL ATARDECER DEL MIÉRCOLES 1º DE MAYO, CUANDO LA COLUMNA DE TRABAJADORES QUE AVANZABA POR LA AVENIDA AGRACIADA SE VIO CONMOVIDA POR UN DISTURBIO INTERNO QUE DEGENERÓ EN REFRIEGA CON INTERVENCIÓN DE LAS FUERZAS POLICIALES. ESTOS SUCESOS DERIVARON EN UN ACTO DE PROTESTA CUMPLIDO EN LA EXPLANADA UNIVERSITARIA EL VIERNES 3. UNA MANIFESTACIÓN IMPROVISADA AL TÉRMINO DEL MISMO DEJÓ COMO SALDO UN HERIDO LEVE Y DIEZ DETENIDOS. EL 15 DE MAYO LA HUELGA GENERAL DECRETADA EN UTU DERIVA EN NUEVAS MOVILIZACIONES Y LAS ESCARAMUZAS SE SUCEDEN HASTA EL DÍA 31 EN EL QUE LA CONTIENDA DEJA EL PRIMER LESIONADO DE CONSIDERACIÓN, EL ALUMNO DEL UTU ÓSCAR BERMILLÓN QUE RESULTARA SALVAJEMENTE APALEADO. AL OTRO DÍA SU CONDISCÍPULO CHRISTIAN SCHAMM ES INTERNADO CON LESIONES DE ENTIDAD LUEGO DE HABER SIDO UN PELELE EN MANOS DE DOS O TRES AGENTES DE LA GUARDIA METROPOLITANA. UNA SEMANA DESPUÉS LAS BALAS POLICIALES COBRAN SUS PRIMERAS VÍCTIMAS. EL JUEVES 6 DE JUNIO PARTE

DE LA EXPLANADA UNA MANIFESTACIÓN QUE EN 18 DE JULIO Y MINAS TROPIEZA CON UN PATRULLERO POLICIAL; LOS OCUPANTES DE ESTE DESCIENDEN DEL VEHÍCULO Y BALEAN LA COLUMNA ABATIENDO A CINCO DE SUS INTEGRANTES. DE ELLOS SAMUEL ZELMAN (INGENIERÍA) SUFRIÓ DESPUÉS LA AMPUTACIÓN DE UN BRAZO, FERNANDO ROMERO (ARQUITECTURA) BALEADO EN UN MUSLO QUEDÓ CON DIFICULTADES LOCOMOTIVAS PERMANENTES, MIENTRAS QUE SU HERMANO GONZALO (AGRONOMÍA) HERIDO EN UN BRAZO RESULTÓ CON ESE MIEMBRO SEMIPARALIZADO DE POR VIDA. LA NOCHE DEL 7, UNA MANIFESTACIÓN DE PROTESTA POR LA REPRESIÓN POLICIAL DE MIÉRCOLES 12 OTRO GRAN ACTO EN LA EXPLANADA UNIVERSITARIA ES SEGUIDO POR CHOQUES A LO LARGO DE LA ZONA CÉNTRICA DURANTE LOS CUALES SON DETENIDOS CERCA DE 300 ESTUDIANTES Y VARIAS DECENAS QUEDAN LESIONADOS, AL DÍA SIGUIENTE SON IMPLANTADAS LAS MEDIDAS DE SEGURIDAD A LO QUE SIGUE UN BREVE PERÍODO DE CALMA, ROTA EL DÍA 17 EN EL COMBATE QUE 300 ESTUDIANTES SOSTIENEN CON LA POLICÍA EN 18 Y GABOTO. TRAS VARIAS REFRIEGAS DE MENOR IMPORTANCIA EL JUEVES 27 SE PRODUCE OTRO VIOLENTO CHOQUE ENTRE POLICÍAS Y OBREROS Y ESTUDIANTES EN LOS ALREDEDORES DE LA FACULTAD DE MEDICINA. LOS DIEZ PRIMEROS DÍAS DEL MES DE JULIO PRESENTAN UN PANORAMA IDÉNTICO Y EL JUEVES 11 UNA DECENA DE MANIFESTACIONES RELÁMPAGO DEJAN AL CABO DE LA MÁS INTENSA DE ELLAS A CIEN ESTUDIANTES CERCADOS DENTRO DE LA FACULTAD DE MEDICINA,

LUEGO DE INCIDENTES EN LOS QUE MENUDEARON LOS BALAZOS POLICIALES. EL SÁBADO 13 SE PRODUCE OTRO ENCARNIZADO BALACEO CONTRA LA CITADA CASA DE ESTUDIOS, EN LA QUE SIGUEN IMPOSIBILITADOS DE SALIR LOS ESTUDIANTES. NUEVOS CHOQUES DE DIVERSA IMPORTANCIA SE GESTAN EL MARTES 16, VIERNES 19, JUEVES 25, VIERNES 26, LUNES 29, MARTES 30 DE JULIO Y SÁBADO 3, LUNES 5, Y MARTES 6 DE AGOSTO. EL MIÉRCOLES 7 ES RAPTADO ULYSSES PEREIRA REVERBEL Y EN LA MADRUGADA DEL VIERNES 9 LA POLICÍA ASALTA LA UNIVERSIDAD Y LOS EDIFICIOS DE ARQUITECTURA, AGRONOMÍA, MEDICINA Y BELLAS ARTES. DESDE LAS 9 DE LA MAÑANA DE ESE DÍA ESTUDIANTES Y POLICÍAS SE ENFRENTAN VIOLENTAMENTE EN TODOS LOS PUNTOS DE LA CIUDAD Y LA LUCHA SOLO DECRECE DURANTE LA ZONA CÉNTRICA, Y DISTINTOS PUNTOS DE LA CIUDAD SON ESCENA

POUR TOI MON AMOUR

¿no querés nada más?

        ¿te gusta Jácques Prévert?

entonces: café, cortado, sándwich de miga

gracias

¿cigarrillo?

las tres de la mañana sí, y viernes también

        ¿te gusta Prévert?

pocitos desierto asfaltado se angosta curvado a la derecha enfila
al mar acaba por cegarse al tope del malecón, al fondo festonea la
costa decadente paralela de luces de mercurio

        "je suis allé au marché aux oiseaux

        et j'ai acheté des oiseaux

        pour toi, mon amour"

buceo, malvín, punta gorda, carrasco, miramar, negrura leí "Paro-
les" y qué se yo

        te gusta entonces

igual otras cosas más, las únicas ahora de esta noche: dos manos
pequeñas, un lápiz sobre el papel, manos blancas dedos vivos de
sangre corriendo más abajo de la piel y vida más adentro de los
huesos, eso que vibra y vibra o se mueve sobre el rostro, el vaivén
del pelo al velar los ojos absortos en la escritura, el verde profundo

guardián del destello inocente de unos días medio mañanas de
arena castillo almenado de caracoles y palitos de resaca y tardes
en césped sombreado por paredes herrumbrosas del agua dura
de carrasco y largas tazas de té con acaso papas fritas servidas
sobre manteles que llegaban hasta el piso mudo al caminar después en la noche reiterado arrastrar sonoro de piedritas menudas
y voces a lo Johnny Neil y Franky, El de las Amígdalas de Acero
aquellos días

        las cosas pasan siempre
        la permanencia se da en el recuerdo, únicamente

permanencia de hace un rato:
empujar la puerta de la boîte caer en el círculo de la linter-
nita y la efusividad que nos depara tu condición de artista
¿eh flaca?
lástima que tu prestigio no alcance a lograrnos un lugarcito más
íntimo y tengamos que encaramarnos en los altos taburetes de la
barra a la espera de una mesa libre ¿conforme?
tom collins dos juanito y françoise hardy y vos disco y disco, tu
voz asaltando desde el rincón de luz amarillenta, emergiendo en
el vano de la escalera y trepando los cables ocultos y traspasando
los parlantes invisibles, rebasando la "S" untuosa de la barra atestada para inundar la penumbra absorbiendo a todos, obligando a
los desconocidos que se apretujan al ritmo de tu aliento, tu aliento
entremezclándose con el mío y ya no estamos bailando lo sabés muy
bien esto no es bailar sino hamacarse abrazados al son de la música
y da lo mismo que ella continúe o no para seguir así

        quiero saber, decime vos
        seguir así cómo se llama
la palabra, eso
la reclaman
una razón socorro que me ahogo

quiero saber qué nombre tiene bailando como
estamos
abrazados

su celestina detrás de la palabra: la justificación
y la conciencia limpia: guardaespaldas

quiero una explicación a todo, a lo demás:
los besos
las caricias
los alientos
y los números —es aparte pero igual— las cuentas
del almanaque las cifras del dos más dos y uno
y uno para atrás desde aquí remontando este
silencio de tus besos y los míos ¿entendés?
este silencio que me desubica porque no estoy
masoqueándome contigo porque me gusta quiero
entender por qué el silencio

la palabra es una historia corta dejá de preocuparte está presente y
te acaba, te protege, nunca escaparemos

mais oui, je comprends bien
"je suis allé au marché à la ferraille"

presente delante de nosotros y nosotros detrás de ella con los otros
los que vos y yo dejamos atrás y los que nos dejaron atrás
en fin: juntos todos los postergados de una época clausurada, los
que nos enterrarnos juntos para morir en nuestras magníficas tum-
bas comunicantes

C'est vrai mon petit
"et j'ai acheté des chaînes"

convenientemente ungidos del óleo de los minutos, las horas y los días que, no obstante, supieron saltar por sobre la barricada de las explicaciones, vencer los juramentos, avasallar las ilusiones

<blockquote>Oui

combien sont-ils de lourdes ces chaînes</blockquote>

en punto a previsión supongo que solo los incas nos superaron: se inhumaban acompañados por esclavos a fin de que nada les faltara llegados al otro mundo; luego disponían que se sellaran cuidadosamente las junturas —más que por miedo a los ladrones— en consideración a las polillas, quienes pueden carcomerlo todo en un santiamén
dejarte en pelotas cuando menos lo imaginás
vos tenés que saber lo feo que es despertarse solo y vaciado, abandonado a la resaca amarga de las promesas frustradas tras las cuales buscabas escudarte del efecto demoledor del tiempo

<blockquote>ahora entonces y siempre, te van a llegar igual,
terminará embromándonos a los dos
¿por qué seguir?</blockquote>

encachilarse, ¿no?
y caminar por qué
ir a la playa
estar presentes
no estar
y por qué lunes y domingo y mes pasado y año que viene y hasta mañana y no me llames más

<blockquote>por qué jodernos así</blockquote>

de todos modos definitivamente jodemos
y hasta de repente un giorno no: se te da

aun sin fe
así que por las dudas conviene cuidarse de la traición

        hasta ese extremo nunca gordo: soy capaz de los
        celos, el odio, la mentira, la bronca,
        el terror, el cariño
        mañana mismo de repente no saber si sentir asco
        o amor por vos
        pero traicionarte me suena demasiado bajo

no querés entender que hay otras, las traiciones esenciales, las
que cometemos contra nosotros mismos traición al contrariar tu
propio sentimiento no respetando las leyes

        ¿cuáles leyes?

las del juego pussycat
fairplay, you know
como cuando acaricio tu oreja suavemente y vos te estremecés

        tiemblo
        a vos te da risa

a mí me trae recuerdos
nueva york, el empire state, el mirador del piso 86 en los días
secos del invierno
pueden verse los fuegos de san telmo

        no me importa
y si refregás las suelas contra el piso y después besás a una chiquili-
na en los labios le producís una descarga eléctrica inolvidable

        ¿y?

no importa
recordará el beso y nada más
estática, hay que darle un nombre
algo parecido a lo que sentís cuando muerdo tu oreja o te araño la
nuca, c'est tout

               "et puis, je suis allé au marché aux esclaves"

remontamos la madrugada al límite de todas las cosas
apuramos el último trago, te ayudé a embutirte en tu tapado liviano
mientras juanito mantenía la puerta de vaivén abierta, brazo en
ristre, nos zambullimos en una esquina de viento empecinado que
se liberó jugueteando como un perro loco cuando desembocamos
en la placita gomensoro, al final terminamos refugiándonos en el
espacio hostil, demasiado luminoso, levemente cascarudo y decadente de las palmas
es el fin de tu sándwich de miga, del café, los cigarrillos, el poema
rematado con una frase que no alcanzo a distinguir
salimos
a nuestra espalda se apagan los luminosos de la confitería

                    "et je t'ai cherchée"

desde la altura repaso el paisaje: idéntica fila de focos de mercurio
empequeñeciéndose en el pespunteo del perfil costero
buceo, malvín, punta gorda, carrasco, miramar
negrura
vos decís

               "mais je ne t'ai pas trouvée"

no decís nada
acaso mirándome pensás
pero es lo mismo

"mon amour"

decís: "vos así desde abajo sos nuez prominente, promontorio, garganta blanca de cocodrilo encallado casi en la orilla, te parecés a tu madre, tenés esto, igual los labios, la base de la nariz el resto no"
yo pregunto qué resto
sobre la mesa tu mi hoja de block tu poema de Prévert nuestra frasecita con tus letras azules "TODO LO QUE SE HACE POR AMOR ESTÁ MÁS ALLÁ DEL BIEN Y DEL MAL F. NIETZSCHE"
pero dejá —las acaricio— que sigan creciendo tus cejas y no las depiles para que se pueblen y te enmarquen un poquito descuidada un algo cara de chiquilín travieso y no muera y permanezca eterno, no te rías, se instale sin final ese reflejo mío de siempre vos ahora en el momento de la corriente tierna y aguachenta venida a diluir la profundidad de tantos años en el verde brillante de tus ojos y dentro de muy poco ni siquiera tus ojos, apenas transparencia a la luz de la lámpara ascendiendo oblicua arriba y en cierto modo densa, chorreando contra el telón esclarecido o transparencia mudo muro nudo de las otras transparencias de esta noche: el opaco final de la palabra y el fondo de tus ojos y desde aquí mi mentón de mi madre y vos y yo y quienes todos los demás y nada más que vos y yo o dos sombras o menos que siluetas o casi nada nada, pienso al borde del recuerdo ahora que comienza a amanecer

salgo exhausto asfixiado, remando con brazos y piernas a con-
tracorriente de la chorrera, pechando compañeros, retrocediendo y
avanzando, enredándome entre un mar de codos y manos y brazos
que me hurgan y despojan y revuelven hasta dejarme abandonado
en las costas del tumulto, dueño de lanzarme entre torpes saltos y
tropezones escaleras abajo, caminar ya más libremente en la vereda,
detenerme en pleno dieciocho sin otra ocupación que encararme al
cielo negro y nebuloso, rascarme la nuca y aspirar el aire fresco a
todo pulmón

sacudo las piernas pegando con las suelas contra el asfalto,
flexiono dos o tres veces las rodillas, me refriego las manos, toso

finalmente tomo rumbo al sportman prometiéndome ignorar la
guardia deslucida de los negocios con sus marquesinas oscurecidas
merced a un rapto irónico que vuelve súbitamente solidario al duelo
y al negocio del cortado, la grapa con limón, la medialuna

> "todo este escalonamiento de acciones violentas
> no responde más que a una sicosis colectiva, es
> pasajera y no basta para justificar la viabilidad de
> una revolución"

me arrellano en la silla y estiro las piernas liberando a mis músculos doloridos, pito profundamente el cigarrillo, como para convencerme de que aún soy el dueño de mis pulmones; después miro

el café, una columna de vapor pegajoso difuminando los rostros del
otro lado

> "las movilizaciones fueron desbordadas espontá-
> neamente, escapando en su generalidad al control
> de los dirigentes"

núcleos de siluetas borrosas, gesticulantes, los compañeros reducidos a un puñado de ojos llorosos, grupos de muecas anónimas,
apiñados a fuerza de cansancio y madrugada

> "lo malo es la carencia de un mecanismo político
> coherente, capaz de encauzar la energía de la
> acción hacia logros concretos; nos faltan organi-
> zaciones de base, unidad, y una práctica común
> ordenada hacia un fin materialmente posible"

y el cansancio
y la pesadez
y revolver y revolver
revolver acaso hasta topar el límite donde el cansancio obliga y se
hace hastío para cansar en serio y arrancar un grito, una defini-
ción, una actitud, una conducta, un basta
de repente esto mismo que no alcanzo a descifrar lo que me
empieza a hacer sentir distinto a los demás, lo que esfuma las caras
de mis compañeros, lo que me nubla los ojos pero a la vez va descu-
briéndome como dueño absoluto de todas mis posibilidades:
la impotencia la valentía   la estupidez   el desprecio   la
indiferencia   el orgullo   el miedo   el arrojo
la frustración   la lealtad   la muerte   la traición
la rebeldía   el amor   la esterilidad   la vida la cobardía
en fin, esa resbalosa instancia en la que un tipo empieza a preguntarse
si no basta con que, para él, las condiciones ya estén dadas

MUNDO CHIQUITO DE LOS DOS

y al final te calienta la mugre de vivir así

el asco de verte metido en estas cosas

y la roña de andar laburando a lo oscuro como topo porque en donde abrás las persianas hasta de la otra esquina te fichan y te queman y la bronca de ser tan boludo para no irme al patio y abrir la claraboya nomás por lo que me revienta el chiquero de esa vieja roñosa y se me vayan las ganas de puro imaginarme su hocico bigotudo y los ojos de rata y las greñas grasientas chorreándole babosas en la frente

y más que nada calienta pensar que ella tenga el derecho de pudrirse sola y dueña de este caserón enorme, quince piezas vacías para criar pulgas y chinches y amontonar papeles viejos y cachivaches y juntar humedad y olor a caño mientras afuera montones de desgraciados revientan a la intemperie sin conseguir un rincón donde caerse muertos

las cosas no dieron para discutir con la Susana embarazada y yo a gatas unas changas por aquí y por allá, rebuscándomelas, qué más remedio

ni era menos cuestión de ponerse a revolver culpabilidades porque si nos queríamos —y nos queremos— no íbamos a estar a la espera de que dios bajara del cielo

quedó casi de entrada la muy coneja
y yo no estoy lloramingueando, la verdad que me gusta, me llena
de fuerzas saber que incuba un borreguito que es la única cosa
que puede decirse verdaderamente de los dos y sin que nadie me
pueda acusar de sensiblero

confieso que muchas noches me saca el frío o la amargura tocarle la barriga hinchándose, rellena con el bulto calentito que lleva
adentro

un hijo mío, mío y de mi mujer
un machito que todavía no marranea ni se mea en la cama pero
que ya me da fuerzas y me afirma en el piso y cuando camino y
pienso hay días que me parece ir partiendo las baldosas con los
tacos

¡ah coño! que salió duro de pelar el hueso...
ni quién hubiera dicho que era tan difícil
así son las cosas, una es verlas, otra probarlas
vos apurate hermano que el tiempo vuela y en cualquier momento
se te presenta la Susana y buen papel vas a hacer con la gallina a
medio desplumar, ya debe estar andando con el aire en la boca
pensando en el almuerzo, de ahí que la tal sorpresa se va a llevar
viendo que lo preparaste vos mismo

y, a todo hay que prestarse en esta vida perra, lástima que en la
oscuridad de esta pieza no se termina ni para la navidad

no va haber más remedio que levantar campamento de una buena vez y correrse al patio cuestión de terminar más rápido

de paso no se llena de humo el cuarto, que después es un asco el
olor pegado a las paredes

y bue: estábamos en que hubo que agachar el lomo y resignarse,
tragar saliva y aguantar sí señor

aunque la verdad es que los primeros días la coruja se mantuvo
a distancia y a lo sumo al abrir la cancel y cruzar el corredor me la

veía del otro lado midiéndome con cara de odio de la cabeza a los
pies y andá vos a saber lo que andaría rumiando por adentro

¿y qué iba a decir?

aparte de los pataleos porque gastábamos mucha luz y con lo cara
que estaba y lo poco que pagábamos por la pieza y que de haberlo
sabido ni loca nos habría alquilado, no pasó nada

qué te cuento: otra cosa es con guitarra... bajo el resplandor de la
claraboya es un lujo trabajar, ni se precisa andar hociqueando en el
asunto para ver lo que se hace

por mi madre que daría lo que no tengo por que la vieja me hi-
ciera, instalado a lo rey en medio de su patio los gritos que pegaría,
si la estoy escuchando

porque de a poco, con el tiempo, se me encocoró, ¿qué querés?

al mes de entrar aquí me piantaron de la fábrica, me quedé en la
calle, está jodido para conseguir empleo fijo y las changas a gatas
si dan para comer y con la Susana en ese estado los gastos se nos
fueron arriba y ya allí me atrasé un mes y entré a darle explicaciones
y después otro y seguimos conversando y al final no quiso entender
razones

no atendió a que mi voluntad era pagarle hasta el último centési-
mo, por más asco que le tuviera, y que solo reclamaba un poco más
de tiempo

después comprendí su intención: ella hubiera gozado viéndonos
perder nuestro hijo

listo el pollo

un poco a la que te criaste pero siendo la primera vez no está mal
del todo

ahora al fuego

y no me digás que no hay kerosén

¡mierda! qué te dije... no va alcanzar

únicamente que la vieja tuviera un poco amorralado en algún rincón, aquí mismito, en esta damajuana

y unos cuantos manijazos a la claraboya cosa que el humo se vaya para arriba y no me embrome

¡te juro que pagaría por que la vieja se pintara este cuadro!

capaz de venir volando de donde quiera que esté por el solo gusto de armar bronca, joder igual que los últimos meses como un despertador a las seis de la mañana echando la puerta abajo

"a ver si hoy pagan manga de rejuntados o se creen que gratis nomás les voy a dejar las piezas de mi casa para que se revuelquen a lo perro, porque ni casados son"

la parte que más te regalo es la limpieza

dejar todo ordenadito no sea cosa que cuando vuelva se entere y encima se arme más escombro del que hay, no, mejor no facilitar

uno nunca sabe

entonces almorzamos tranquilos y más tarde cada uno a sus asuntos y aquí no ha pasado nada: la vieja prosigue sus vacaciones en el interior, la Susana a tramitar lo de la licencia en asignaciones y yo a sacarme de encima la valija con el bagayo

me lavo las manos sí señor

después me largo de lleno a perseguir ese empleo que me tienen prometido, que ya es hora de ir cortando la mala racha y zafarle a esta coruja que me está arruinando la existencia

decí que gracias a la Susana se vino esquivando la pateadura, uno por evitarle un disgusto en estas condiciones traga y se aguanta piola, pero hay límites

mayormente lo que digan de mí me importa un pito, pero eso sí, a aquella no aguanto que me la insulte ninguna rata que nunca supo lo que es querer ni tiene noción de a lo que puede llegar un hombre que siente la rabia quemándole las tripas porque alguien le relaja a la mujer ya allí no entra el que no estés casado ni que sean seis meses de atraso en el alquiler ni que te suban el consumo de agua o aumente la luz

¿querés que me largue a la calle con mi mujer a punto de parir?

sentada esperate, se lo canté clarito: le voy a pagar pero tiene que darme plazo

y mientras tanto se aguanta y chau

mirale el alegrón: la pobrecita pensando que estoy furioso con el retraso y en cambio se topa con el almuerzo listo y la mesa pronta, se lo merece, porque al final el hijo lo hicimos entre los dos pero ella lo aguanta sola y encima tiene que trabajar

aunque no es cuestión de andar chillando, si será embocada que haya podido mantener el empleo en la fábrica, sino andá a saber dónde andaríamos a esta hora

porque puede que no vivamos en un palacio, pero esto al menos deja olvidar que esperamos un hijo y no tengo laburo ni estamos casados

me deja mirarle la cara rosada de felicidad y agarrarle la mano sobre el mantel

nos deja comer sin decir una palabra sintiendo que basta respirar juntos es lindo

decirte que me gustás mucho panzona de nuestro hijo

preñada como a fuerza de las cosas que te digo cuando estamos abrazados

y que sos toda una mujer que me da ganas de salir a la calle a gritar que fui yo el que te infló la barriga para dejarte redonda de esperanzas nuestras, rechoncha de lo que hicimos queriéndonos en este mundo chiquito de los dos, esta cosa propia que estoy dispuesto a defender con uñas y dientes hasta el final de mis fuerzas

así llega el momento de jugarse: uno hace de tripas corazón y le mete pa delante: levanto la valija y salgo pesa un kilo

la calle sigue igual desierta silenciosa solitaria

el peso me endurece el brazo y trato de olvidarme, quedan pocas cuadras hasta el mar y son casi todas en bajada

te repito que nada me podrá parar, ni siquiera esa voz de alto

mejor seguí caminando, hacete el que no oíste, deben ser ideas tuyas no se ve ni un alma y ya casi estás llegando

después la revoleás y la mirás hundirse y te das vuelta y chau pinelas, a pensar en el futuro

la Susana con la plata de la licencia, vos con el bagayo liquidado, esta misma noche apalabrar al tipo que te prometió el empleo, el club abre a eso de las ocho, tenés tiempo de sobra y caminá tranquilo, no vaya a ser que algún belinún levante la perdiz y caigan a darte la captura justo ahora

¿eh?

parate de exagerar no te pongás nervioso

ni que fuera delito ir cargando una valija por la calle ¿otra vez gritaron?

loco dejate de macanas, vos seguí mansito y como si nada

¿lo qué tiene de raro?

expliquemé expliquemé

la valija es mía, llevo ropa adentro y hago lo que se me antoja, usté no va a obligarme a abrirla y a mostrarle lo que llevo

es increíble, estos son unos cabeza dura

y digamé, ¿qué tiene contra un hombre de su casa que no se mete con nadie?

más vale que se la buscaran con podridos de la calaña de la vieja, a esos sí que deben vigilarlos y ponerlos a la sombra por explotadores

¿sabe?

¿que no la conoce? está ganando plata creamé

no no estoy loco, pero lo que es a mí ya me las tienen llenas con tanta prepotencia: primero la dueña de casa que es una basura, y ahora me lo zampo a usté no no digo que sea una basura, pero ella sí

y dejesé de caras de asco, ¿quiere?, parece una marica si de verla nomás se pone así, habría que figurarse su actitud al tenerla que tratar todos los días

a ver qué hubieran hecho en mi lugar, soportando la catinga asquerosa de la vieja chupasangre de la mañana a la noche

¿agarrarse la barriga repugnados mi segundo?

porque para vivir con ella tuve que hacer como el señor oficial: pasarme a las arcadas para no largar el chivo

pasarme a las arcadas de sol a sol comisario, ¿me comprende?

porque no tuve la suerte que usted tiene, de chasquear los dedos y que dos milicos le acudan presurosos, le cierren la valija y se la quiten nomás, tan fácilmente, de la vista

corren

corran

universidad a veces cúpulas que reconozco brillando blancas
escamadas contra el cielo negro
fogonazos
más abajo corro y siento pies corriendo su libertad justicia

no siento no sé golpea dónde y quién soy y somos dónde vamos y
sigo y oigo vidrieras partirse, me van a acompañarme las ellas y él,
al que lo tengo enterrado presente y duro en mi garganta, muerto
en mi garganta que se raja con ruido de vidrio roto, hielo de cristal
quebrado esta garganta aquí, esta igual la de él ayer, más igual antes
todavía anteayer saturada por un grito idiota o gusto a grapa o gusto
a risa o gusto a cigarrillo o atrás la languidez de la mañana en la
mañana y el hambre del mediodía al mediodía y el sabor del beso a
medianoche o simplemente el metal de alguna vozpalabra

mamá pocha dictadura abuela quiero toto mierda abajolasmedi-
das mandíbulainferior cagada libertad pacheco

tengo gusto a muerto en la boca viva

en los labios que gritan viva que muera él porque se nos mataron
al otro

hacerlos bosta todos los asesinos asesinar los perros y me em-
pujan y caigo y me levanto y corro chapo piedras tiro hagomocovi-
drieras

y

no sé y sé todo todo abajo no me pidás que te lo explique hermano este sudor aquí ni nada lo demás

ni las gotas gotitas titas de esta agua al borde de la piel

del yo que corre y rompe y mata y muere y casi ni se aguanta las
ganas de pararse a vomitar en el medio de dieciocho de julio lar-
garles el chivo a todos bien encima de puro podrido revolucionario
cara de marica ladrón rompevidrieras

corren tiran corremos incendiamos sin conocer a nadie y no
quiera conocer ni a los tiras conocidos que rompen a mi lado y ro-
ban en mi nombre y se cagan en mi nombre y en el tuyo ni en el asco
de esta noche de san bartolomé san valentín san mongo san quien
sea esta noche larga de cojones cortos y nada más que una muerte
que se seca y ya no huele ni hiede de puro traspasada

esta noche de secos, de secos mi sudor y mi cansera y mis ideales
y los propósitos las intenciones y las malditas condiciones que no se
animan a estar dadas

mierda con la revolución mierda con todos

nos quedamos a solas con la bronca

botija bien seguí metele pata sacándote las ganas que hoy te
dejan ñato afirmate ahora cuando el lobo no está mi negro se
rematan los carteles a la quema y sobran las hermanas a violar o
de repente preferís afanarte un sobretodo porque no olvidés que
todo está perfectamente calculado los ellos los ellos los pachecos
quietitos y seguros y los nada los nadie alrededor rasgando la
orfandad de las vidrieras con su luz de neón y sus acrílicos y sus
cuarenta trapos y su risa y su newlook y tu rabia esos forros vacíos
inmóviles tu furia y las vidrieras a mano y las piedras a mano y tu
mano y

GENERALELECTRICIBMMINISTERIODERELACIONESEX-
TERIORESPANAMERICANFUMEMASTERVUELEBUAVISITEA-
MÓNICAYAMARTAYAMARÍAEJIDO1060

AHORA LAS COSAS SERÁN DISTINTAS

inisierioenasardes

la voz monótona monótona la mano levantando el tubo despúes de sonar dos tres cuatro veces la mano flaca blanca reiterada los dedos sueltos aferrados en el aire al teléfono verde a las perillas marfil a las luces redondas amarillas como sol poniéndose cansado

eretaríainiserieraájoooo

la cara aquella diluida en la memoria: óvalo sombreado, círculo blanco, imagen pálida, pompa, burbuja, globo desinflado, nube, niebla, gas estancado, la nada, mano sobre tubo verde sobre ring y clic y lucecita y voz

esas cosas atravesando el vaho espeso una polenta de palabras alientos bocanadas mucha gente espera necesidad angustia amansadora humillación carajo, de tantas tarjetas apretadas

y no va ser una miseria no, lástima da carajo

no va dar?

carajo tanta gente, con su necesidad, y mire: pendientes de la t a r j e t a de recomendación, familias enteras

y el manoseo:

del conocido al clú y del clú a los delegados del caudillo y del caudillo al secretario del diputado y al diputado mismo y vuelta al secretario y al otro secretario y al conserje de la secretaría del ministerio y de allí a la secretaría general

       gues?
       ¿Rod
       ¡ah, seguro, espere
       tomeasiento
       yoloyamo

y entrás guiñás los ojos en la neblina del humo de cigarrillos y el calor encerrado y el murmullo y los observás empezás a distinguirlos mirándote y comentando de reojo entre ellos: a ver quién es, el pobre desgraciado, este segundón, esperen a que el ministro se entere del que me recomienda a mí y lea los términos de mi tarjeta y me juego lo que no tengo a que se asoma él mismito, él personalmente y grita "¿dónde está el recomendado del senador? eh, hombre, vamos, pase inmediatamente, faltaba más"

y uno primerito al frente

y bueno, así es la vida, al que madruga dios lo ayuda, ¿pobres no?

¡estos sinvergüenzas! (porque en el fondo hay que reconocer que los políticos son eso)

jugar así con la ilusión de la gente

pero la realidad es que ellos tienen la sartén por el mango y de nada vale andarse retobando; es preferible amansarse y tener bien presente el refrán: quien tiene padrino no muere infiel

y de allí arrancamos, porque hay padrinos y padrinos por eso después algunos no se explican que les salgan con amansadoras de nunca acabar, de años de ir y volver a venir sin que jamás pase nada

prometer les prometen, negar no les niegan, el resto es solo cuestión de aguante

y a uno le dan ganas de zamparle a más de un infeliz: ¡conseguite una cuña que valga la pena o dejate de perder el tiempo, abombado...

los que se acomodan son los allegados, es cuestión sabida

como me decía la Elsa:

vos dejá, perdé cuidado, únicamente es cuestión de pescarlo justo y con este mareo de las interpelaciones y las huelgas y las militarizaciones y las medidas de seguridad y la suspensión de las garantías individuales no hay modo de agarrarlo tranquilo ni de buen humor, donde le salga con problemas personales me mata, no te olvidés que encima de todo ese traqueteo se tiene que comer las agarradas con la mujer, esa yegua insoportable que cada vez que entra al ministerio te atropella con aire de que una estuviera obligada a echarse a lamerle los zapatos como si fuera la soraya, un espejo es lo que le está faltando, tenés que ver, te observa como si vos anduvieras desesperada por que el ministro te chasquee los dedos para salir a revolcarte con él por cualquier lado, ella qué sabe, mente podrida, quién se cree que es, de dónde salió piojo resucitada que nunca supo que existieran los ministros hasta que de la noche a la mañana le nombraron al marido

—sigamé

la salita más pequeña, más respirable, más fresca, más silenciosa, menos atestada; mis nervios, los zapatos llenos de polvo, la bandera nacional, mi cara ardiendo, el trajín de los secretarios con airecito superior, la foto del ministro junto al presidente cortando una cinta azul y blanca, este sudor en la palma de las manos

se trata de mi marido.
precisa una mano.
un trabajo diferente.
un futuro.

Elsa abriendo la última puerta
—viejo entrá, testásperando

harta de miserias.
nos casamos demasiado jóvenes.
la pasión de los veinte años.
no puedo seguir soportando
tanta apretura.

y imagino que cada uno que entra debe decirle lo mismo señor
ministro, usté sabrá disculparme, pero soy sincero y lo confieso:
desde que era un chiquilín me sacrifiqué por el partido, en casa los
viejos me hicieron mamar el amor por la divisa y ya en preparato-
rios era caudillito, habría llegado creamé de no haber tenido que
dejar los estudios
     claro, queríamos casarnos
     después también hice mucho clú
     allí está mi mujer —la Elsa, su secretaria— que no me deja mentir
     no no tuve suerte
     uno no ha madurado y suele confundir orguyo con idialismo
     no se entiende que hay que copar los puestos que sean para de-
fender al partido
     la verdá ques la primera vez que pido
     además aquellos fueron los años que pasamos en el yano eso lo
digo sastifecho: mientras no tuvimos nada yo firme en la trinchera
     sin ofender a nadie: es que tengo convición

dejó los estudios para casarnos.
momentáneo creía.
el empleo era de futuro dijo.
vino la crisis y con ella los días
iguales.
se derrumbó la imagen del
hombre emprendedor.
los días iguales.
se acaba la conquista.

las noches iguales.
lo quiero.
¿sabés?
lo quiero pero tengo miedo.
pavor a la rutina, al vacío, a la
vejez.
terror de morir así.

long john: cartelito de madera sobre triángulo de pasto "LONG
JOHN'S TAVERN"
taburetes altos
una luz muy suave
música, sordina, música, funcional, música
se
todos fossem
iguais
a você
whisky un solo mozo whisky tres parejas whisky

Marquisio dos caballitos
¿y no tenés teléfono Marquisio?
¡hombre, por qué no me lo dijo
antes:
en una semana te lo hago colocar
un placer Marquisio, se olvida y
ya está

y este gusto adentro de los labios
bajo la lengua
una tibieza dulce que se extiende y corre en un temblor garganta
abajo
que
maravilha
viver

DE PRESIDENCIA:
CONSEJO DE MINISTROS MAÑANA
SIN FALTA A LAS SEIS; DOS HORAS ANTES
ACUERDO PREVIO CON DEFENSA E INTERIOR
RESPECTO DEL INFORME REFERENTE A
LA HUELGA FRIGORÍFICA.

whisky a las nueve
y a las nueve Juano calentando la sopa
Juano:
No me esperes. Se me complicó el trabajo. Después te explico. Yo
te llamo. Besos.
    tu Elsa.

        se olvida Marquisio
        Elsa, como se olvida una mujer
        una mujer así también se olvida
        también un hombre olvida
        una mujer una mujer olvida
        un hombre se aburre una mujer
        olvida

PROBLEMAS: SEIS HERIDOS
EN LA DESOCUPACIÓN DE
LA TEXTIL; INFORMA INTERIOR
QUE A ÚLTIMO MOMENTO EL SECTOR
RADICAL DESCONOCIÓ EL ACUERDO
LOGRADO CON LOS DELEGADOS
DEL SINDICATO OFICIAL.

después hubo un ardor desesperante
una sed aumentada sorbo a sorbo
desasosiego

                              una luna grande amarilla
                              roída arriba
                              una luna grande madura
                              unas horas después de llena
                              una luna saliendo sobre el
                              mar sobre los pinos
                              contra el horizonte una luna
                              deforme gigantesca
                              un hongo creciente
                              eso no se olvida

el whisky límpido, el mostrador lustrado, los muros muy blancos,
la música pulida, el casimir impecable, la magia de una noche de
verano en carrasco y el olor penetrante de la pinocha y el mar y el
old spice

                              esta mujer este arroyo esta
                              luna aquel mar esa arena
                              esta noche vos tu pelo tu
                              hombro tu cuello tu cintura
                              tu pelo tu hombro tu cuello
                              tu cintura tu cara tu pelo tu
                              hombro tu cuello tu cintura
                              tu cara tu boca tus pechos

   Juano termina la sopa de ayer muy lentamente
el aire fresco y salitroso me roza los senos desnudos
pone la carne de gallina
los endurece

                              otra vez: tus pechos
   ¿Juano

                              nuevamente: dame tus tetas
                              ya

viejo perdoname

                              las tuyas
                              tus dos
                              las dos tetas en mis manos

pobre
un informe urgente, te das cuenta

                              definitivamente

un ratito más; bueno, de los ratos del ministerio, vos sabés
hora y media yo calculo

                              definitivadefini tiva definiti
                              def definitivamentemente
                              mente va a men tedefini ente

sos un amor

                              ahora

querido

pero un día se te sube el entripado, te das cuenta de que fuiste un
gil y no podés seguir así y tenés que dar el salto cueste lo que cueste
o quedar resignado a hundirte en el pantano lentamente, entregado
a la asfixia irremisible de la monotonía, de la mediocridad, de la
sucesión de unos días apenas un poco menos turbios que la muerte
anónima que aguarda para culminarlos y antes de eso cualquier

cosa, aunque sea necesario dejar los escrúpulos por el camino y los
principios y el honor y el idealismo y la vergüenza por el camino,
porque con eso ni se come ni se vive ni se muere mejor se te presenta la oportunidad y la aprovechás

porque la piel se seca debajo
de la piel
la juventud se estanca
se aquieta, se detiene, se
enfría tu sangre empantanada
pero dispuesta a resistir,
hasta que de golpe rompe
los diques y salta enceguecida
y te arrastra y te lleva
y al final amanecés despejándote
la borrachera
en cualquier lado
aquí
con el frescor agradable de
la bañera trepándome los tobillos
mirando las marcas de mis
pies mojados en el monolítico
las huellas opacas de mis
plantas sobre el parquet más
tibio
el trazo de mis pies descalzos
volviendo a la cama caliente
los cuerpos calientes

ahora solo resta ponerme de pie
cómo cuesta
hacerlo firmemente pero sin saltar

controlando los músculos

los glúteos los abdominales los faciales, todos juegan su papel

cuando se entrevista a un ministro

y en seguida avanzar con paso firme aunque se sienta que estás

pisando nubes y se te llenen de agua los ojos y de saliva la garganta

¡arriba Juano...

luego estirar la mano húmeda para estrechar la suya suave seca pulida contra la tuya mojada mojada y querer decirle tantas cosas, las cosas que se sienten en un momento así, señor ministro, acaso besarlo, abrazarlo como se abraza a un hermano, o decirle que lo sentís un padre, que lo quisieras tener en tu casa compartiendo tu sopa humilde de la noche para poder explicarle en ese solo acto y sin palabras todo lo que él significa para vos

aunque es mejor volver a la realidad y dejarse de pavadas y sensiblerías, a él eso no debe importarle nada, así que es mejor no exagerar la nota y controlarse, cerrar la boca ahora que lo lograste, que es tuyo

decirle gracias sí, con el tono de un buen vasallo que aprecia infinitamente la deferencia de su señor

y retirarse

tener que darse vuelta y sentir miedo, miedo de que te descerrajen un tajo o una carcajada por la espalda, terror de que una imprudencia de su parte te deje huérfano de todo argumento y no tengas que agarrarte más que a tu rebeldía, esa rebeldía a la que temés más que a nada, igual que los otros que siguen soportando la amansadora afuera, la reacción que venís aguantando a costa de cualquier humillación, al precio de todas las miserias, a cambio de manoseos indecibles

así que hay que aguantarse una vez más, agachar el cogote y acomodarse, que al fin y al cabo es menos sacrificado que resistir

le das la espalda y lo dejás derritiéndose en una sonrisa babosa y cachadora, atravesás la puerta recibiendo el beso de Elsa y su guiñada de triunfo, pasás las otras dos tres puertas y la salita y recién en la antesala te das cuenta

que ya estás afuera y debés enderezarte puesto que has perma-
necido continuamente encorvado y sin levantar los ojos ni la cabeza
te duelen los hombros, volvés a escuchar la voz monótona

iniserioeraájoysuridásociá

ya en el hall atestado ubicás una a una las caras del principio,
la multitud de ojos que a la entrada te observaran con curiosidad
hostil y ahora te miden con envidia y muy pronto empezarán
a sonreírte por las dudas las caras grises que mañana mismo
reencontrarás sentadas en el mismo lugar manoseando la misma
tarjeta rubricada de hoy
y mañana
y pasado
y traspasado
y mucho tiempo más aquí dentro, para repetirles vos:

                                    —espere

o decirles:

                                    —sigamé

o informarles:

                                    —el señor ministro ha
                                    suspendido las audiencias
                                    por lapso indeterminado

y más adelante firmarles vos mismo una tarjeta:

                                    Sr. MINISTRO FULANO
                                    Estimado amigo y correligiona-
                                    rio:

> Cúmpleme enviarle al portador
> de la presente por
> un asunto que él le explicará
> y a quien le recomiendo
> co...........................
> DIPUTADO JUAN RODRÍGUEZ

y algún día recibir vos una tarjeta:

> Sr. MINISTRO JUAN RODRÍ-
> GUEZ
> Estimado amigo y correligiona-
> rio:
> Cúmpleme enviarle al portador
> de la presente por un
> asunto que él le explicará y
> a quien le recomiendo
> co............................
> DIPUTADO FULANO

Y entonces vos le dirás a Elsa que lo haga pasar
como también pensás decirle a Elsa
(cuando vuelva hoy del ministerio, tarde por la noche)
que desde ahora las cosas serán distintas

vuelvo a casa como todos, como los trescientos mil, como la multitud entera:

atravesando una extraña ciudad sumida en la parálisis, con la esclerosis de todas sus paredes repentinamente desnudadas y el gris de todos sus muros coreando la agónica luz de la tarde nubosa y el ardor de todas las gargantas azuzadas por el polvillo que levantaran tantos y tantos pies en el recorrido de tantas y tantas calles cargando el féretro a la ida y extrañándolo a la vuelta

cantan allá abajo

unos muchachos

allá abajo cantan

cantan

cantan

cantan

allá abajo

vuelvo solo y perdido por, entre y como tantos, sintiendo en la cara el cachetazo de un aire neutro y contra los oídos la presión de un silencio que se ha cristalizado para mejor dejarse traspasar por las voces que aún alientan

vuelvo apretando el llanto contra los dientes, masticando ideas sin sentido, pescadas al azar y revueltas en la cabeza como un chiche mental, cosa de no largar el moco de pura rabia o vergüenza o lástima o figurate qué

Voy rumiando cosas, palabras, de repente mascando al azar las frases de un poema que no sé si es así ni quién lo hizo ni cuándo

       cantan
       mientras la luna arriba
       como una blanca flor nocturna
       derrama su esplendor sobre
       la tierra
       ellos cantan
       y cantan los muchachos
       desde allá abajo

vuelvo como vine, como todos

a pie aun después de tanta pateada, alargando mi cansancio por calles que se abren incesantemente, multiplicando bocas desiertas que degluten a la masa de gente, disgregándola

vuelvo rodeado del eco de voces apagadas que quieren permanecer así, empeñadas en ahogarse después de cada soplo, mitigándose culposas luego de cada arranque cual si ello bastara para negar lo irreversible de una lápida o lo irremediable de una sangre que por tan joven como rebelde no admite estar hablando en voz baja mucho tiempo

       cantan allá abajo
       los muchachos
       cantan y el canto sube
       sube
       sube
       sube
       igual que trepa hacia la luna
       un rezo

vuelvo como todos, del borde de una tumba fría
vuelvo igual que todos:
lleno de asco
de miedo
de terror
de bronca
de basta
de rebeldía
vuelvo lleno de ganas de venganza
vengo triste, infinitamente triste por lo que nos queda atrás
vengo alegre, infinitamente alegre por lo que nos queda adelante
aunque por ahora no vaya más allá que de esta rabia sorda
o el aire recargado
la tardecita
la calle larga
mi olor a sudor
y mi cansancio
mi sed
la gente a los costados
las ansias de comer
tomarme una cerveza helada
y dormir
la posibilidad del beso
las ganas de encamarme con graciela y amanecerle arriba hasta
dejarle un hijo, tomar café cargado, fumarme un cigarrillo
y salir a la calle a demostrarles que vale la pena que esté vivo

desde allá abajo viene
sale de muy abajo
desde la tierra sube
igual que un canto
como un rezo

Índice